橙精灵
带你游赣州

CHENG JINGLING
DAI NI YOU GANZHOU

张 伟◎主编　刘小灵　刘 俊◎副主编
金朵儿◎文　钟小心◎图

序 言

赣州历史悠久、底蕴厚重，有着好几个响亮的名片：红色故都、客家摇篮、稀土王国、阳明圣地、世界橙乡。本书将带领读者走进赣州18县（市、区），了解赣州各地的红色文化、自然风光、人文风情、特色美食等。

为了让读者更直观地了解赣州，本书采取了图文并茂的形式，塑造了一个"橙精灵"的形象。他是风和橙花的孩子，有一辆能在空中骑行的小自行车。通过橙精灵的角度，带着读者到赣州各地来一场诗和远方之旅，有种身临其境之感。

为了让"橙精灵"的形象更加鲜明，更容易让人记住，我们商量着设计了九个"橙精灵"的形象，最终从中选择了现在这个形象呈现给大家。瞧，橙精灵戴着一顶小小的脐橙帽，骑着一辆小小的脐橙车，挎着一个军绿色的红五星小包，他不但能骑着自行车在空中滑行，还能耍各种各样的杂技，看起来是不是很酷？！

希望这本书不仅仅适用于每个赣州人，也适用于每个来赣州旅游的游客，以及所有想了解赣州的孩子！

亲爱的朋友们，让我们跟着酷酷的橙精灵，一起来一趟纸上赣州之旅吧！

张 伟

我是橙精灵,是风和橙花的孩子。我的家在世界橙乡——赣州。

我出生在脐橙花开的春天,那是赣州最美的季节,到处都是香香的!如果你这会儿来赣州,小心在橙花香里迷路哟!

我有一辆能在空中骑行的小自行车,我总是骑着它到处跑。如果你愿意让我把你变得跟我一样小,你就可以坐在我的后座上,让我带着你一起游赣州。

清晨,我喜欢来到章贡区,去古浮桥玩。这座桥已经有八百多年了,有四百多米长,由一百多只小船板连接而成!

赣州古浮桥

赣州八境台

傍晚,我喜欢来到离古浮桥不远的八境台、郁孤台散步,学着人类吟诵苏东坡所写的诗句"山为翠浪涌,水作玉虹流",以及辛弃疾登郁孤台写下的"青山遮不住,毕竟东流去"。

赣州通天岩

你喜欢石窟吗?我们可以去赣州通天岩看看,那里有一个非常古老的石窟,被称为"江南第一石窟",至今保留着三百多尊石龛造像、一百多品摩崖题刻。

赣州出土了江西南康龙、赣南龙、虔州龙等恐龙化石，还发现了霸王龙的足迹。恐龙化石和恐龙蛋化石在赣州市博物馆里有收藏，我可喜欢去那里了！

赣州方特东方欲晓

我还喜欢去赣州方特东方欲晓主题公园玩,那里有好多好多好玩的,我最喜欢玩过山车和碰碰车啦!

南康家具

让我带你去南康,逛一逛独具特色的家居小镇,体会木匠师傅身上的工匠精神。说起来你可能不信,我还会用那些家具耍杂技呢!

南康荷包胙

我们也可以去看看南康的天车和客家木雕，尝尝特色美食荷包胙和雪片糕！我特别喜欢吃荷包胙，它是用荷叶把料理后的猪肉包成"状元帽"的形状，经蒸熟后做成的，肥而不油，甜而不腻，好吃极了！

让我带你一起去上犹县,游阳明湖,看十里画廊。阳明湖里有好多鱼儿,我最喜欢小银鱼,可它们一看见我就跑!

上犹阳明湖

上犹森林小火车

我们还可以去坐坐上犹森林小火车,一起驶进童话般美丽的森林秘境。

让我带你一起去崇义县。"崇义"这个县名是明代南赣巡抚王阳明取的。崇义有一座阳明山，杜鹃花海、万亩竹海、流泉飞瀑、奇峰怪石、云山雾海是那里的五大奇观。

崇义上堡梯田

我们还可以去崇义的上堡,看层层叠叠的客家梯田,尝特色美食"九层皮",参加当地"舞春牛"的民俗活动。

大余梅岭

让我带你一起去"梅花诗国"大余县,边沿着古驿道登上梅岭,边吟诵南北朝诗人陆凯的"江南无所有,聊赠一枝春",以及陈毅元帅的诗篇《梅岭三章》。

大余丫山

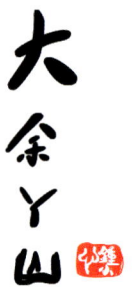

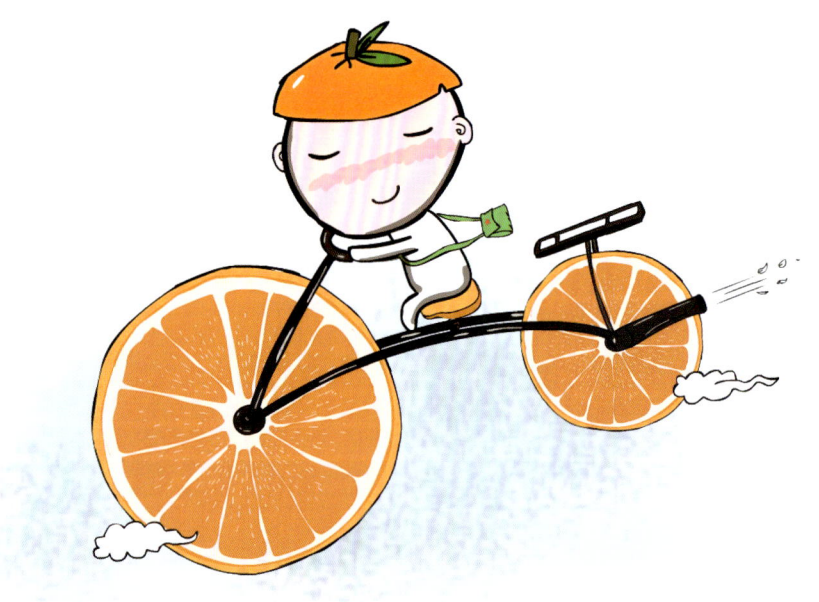

大余丫山不仅风光秀美，还是个“乡村迪士尼乐园”呢！住在丫山云海木屋可是很不错的体验。

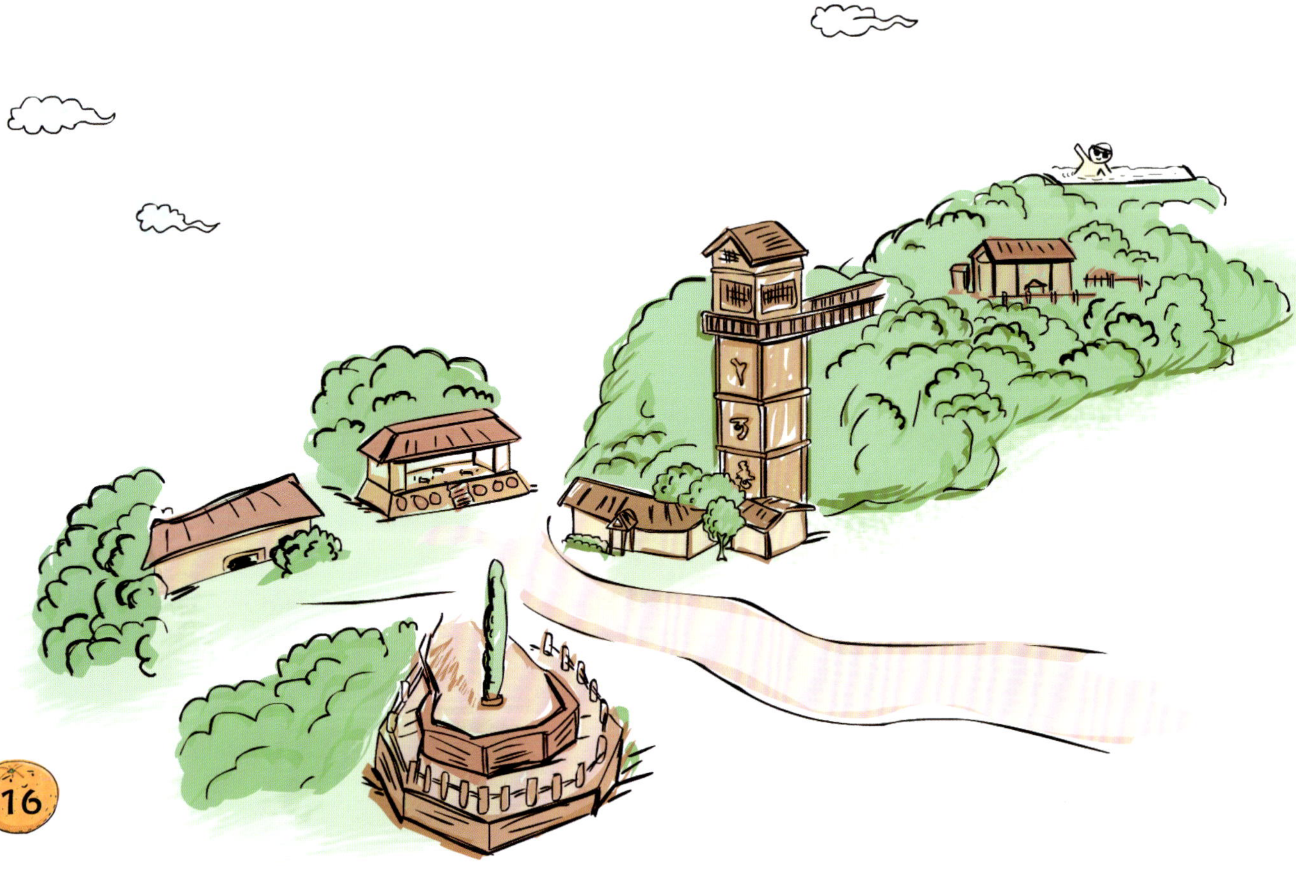

我们还可以去龙南游南武当，看关西围屋，围屋里有九井十八厅，你一定会被它精巧的构造所震撼！

龙南香火龙

幸运的话,我们还能在围屋旁看到龙南香火龙表演呢!我可喜欢香火龙了,看起来非常酷!

全南天龙山

我还想带你到全南天龙山绕一圈,它看起来就像一条昂首腾飞的巨龙,威武极了!

全南雅溪围屋

全南雅溪古村古老、静谧，就像安睡在琥珀里的一个梦。我真想和你一起用响鼓敲醒它，让它给我们讲讲村庄这几百年来发生的故事。

让我带你去定南虎形围，在阵阵锣鼓声中，在敏捷而勇武的腾、扑、闪、挪中，一同感受定南瑞狮的魅力！

定南莲塘古城

定南莲塘古城有客家阿姆做的虎头帽、莲花帽、半堂铃帽、全堂铃帽，一顶顶精美的帽子代表着一个个吉祥的祝福。瞧，我头上就戴着一顶呢！

我还想带你一起去"中国脐橙之乡"信丰，打卡大圣寺塔、玉带桥、谷山信丰阁，看看信丰的马灯、"大阿子孙龙"等民俗表演。

人文信丰之信丰物

信丰安西脐橙

信丰安西是赣南脐橙的发源地,那里的脐橙味道肉质脆嫩,清甜多汁。一起去摘安西脐橙吧,你一定会喜欢的!

让我带你一起去毛泽东寻乌调查纪念馆，里面有毛泽东同志旧居。当年，毛主席在寻乌调查后，指出："没有调查，没有发言权。"

寻乌调查纪念馆

寻乌青龙岩

我们还可以去游寻乌青龙岩，青龙岩有很多天然石窟，它们形态各异，就像被风神吻过，让人不得不佩服大自然的鬼斧神工！

安远三百山

让我带你一起去安远三百山。它是东江源头,到处都是密林古树、飞瀑碧潭,一年四季云雾蒸腾,如同人间仙境!在三百山玩累了,记得尝尝当地的特色美食安远三鲜粉,我好喜欢安远三鲜粉的"鲜"味儿!

安远东生围

你知道吗,安远可是赣南采茶戏的发源地呢!你可以和我一起去看中国最大的客家方形围屋——东生围,再听听赣南采茶戏,我也很会唱哦!

会昌汉仙岩

我们还可以去会昌，游人间仙境汉仙岩、紫气东来紫云山，逛森林竹海里的和君教育小镇，体验归园田居、晴耕雨读的生活！

会昌岚山

登上会昌的岚山,站在岚山之巅,俯瞰如画的会昌县城,让我们一起吟诵毛主席所写《清平乐·会昌》中的诗句:"踏遍青山人未老,风景这边独好"!

于都长征渡口

我们还可以去于都，看看中央红军长征集结出发地，听听二万五千里长征的故事。你穿过草鞋吗？如果有兴趣的话，我会带你去看看它是怎么编出来的，再穿上它走一走红军长征小道。

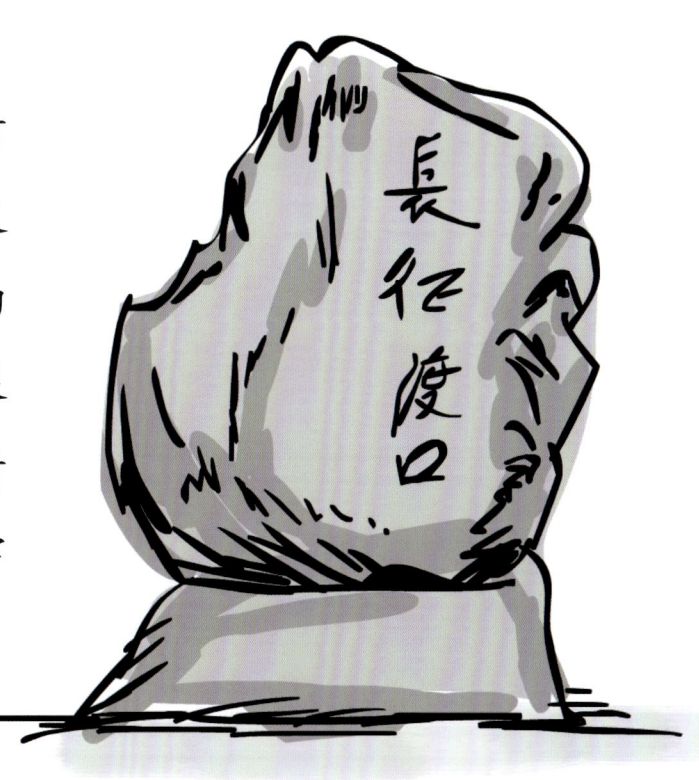

于都有一个屏山牧场,牧场山腰是遮天蔽日的原始森林,山顶却是连绵起伏的草场,真是太不可思议了!我最喜欢和奶牛在草场上打滚啦!

于都屏山牧场

红色故都瑞金

　　让我带你一起去"红色故都"瑞金,看看"一苏大""二苏大"会址,喝喝沙洲坝的红井水,听听红井的故事,让我们饮水思源,重温那段峥嵘的岁月。

我还想带你去一趟大柏地,毛主席在那里写下大气磅礴的"装点此关山,今朝更好看"。我也会带你去登罗汉岩,看奇特的蜡烛峰、"米筛水",你一定会被它的"奇、幽、秀、雅"迷住的!

瑞金罗汉岩

石城通天寨

石城通天寨可好玩了，我们可以冬天泡九寨温泉，夏天赏万亩荷花，参加石城灯会活动。我最喜欢蛇灯、马灯和茶蓝灯啦！

逛完灯会，我们可以坐在荷塘的莲叶上看月亮，欣赏青蛙、虫儿们的演奏会。我认识一只很会唱歌的青蛙，它心情好的时候，歌声仿佛天籁之音。

我们可以去"文乡诗国"宁都,登翠微峰看"金线吊葫芦"、泉从天上来,去中村看一场傩戏,感受最原始的优美和热烈。

宁都傩戏

宁都小布

宁都小布有一部充满传奇的无线电台,它是中国工农红军拥有的第一件高科技通信装备。我们可以去听听"一部半电台"的故事,感受那段艰苦的岁月、光辉的历程。

让我带你一起去兴国县,当年的兴国是苏区模范县,也是著名的将军县,走出了56位共和国开国将军呢!

兴国"四星望月"

我们还可以听听兴国山歌,尝尝"四星望月"。"四星望月"是一道名叫"蒸笼粉鱼"的客家菜,你吃了味蕾一定会跳起舞来!

赣县白鹭村

让我带你一起去赣县白鹭村,看看古村八百多岁的容颜,感受村里客家人的淳朴民风。

赣县宝莲山

我们还可以去"森林氧吧"宝莲山。从高空往下看,它就像一朵盛开的莲花!

瞧，不知不觉，我们就把赣州各地逛了一圈！现在，你肯定也跟我一样意犹未尽吧？

我是赣州的橙精灵,你们人类看不见我,但我和春天的万亩橙花在一起,我和秋天的万亩脐橙在一起!

我和赣州的每一寸土地在一起!

橙精灵小游戏

小朋友们，你们知道橙精灵是按照什么路线游赣州的吗？一起动动手，连一连吧！

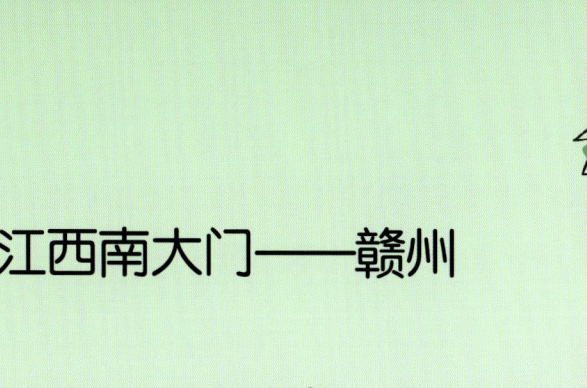

江西南大门——赣州

赣州，位于江西省南部，是江西省面积最大、人口最多的地级市。赣州是红色故都、客家摇篮、稀土王国、阳明圣地、世界橙乡，共和国从这里走来，长征从这里出发，欢迎你和朋友来赣州哦！

家乡赣南美如诗

你拍一，我拍一，世界钨都数第一。

你拍二，我拍二，老区人民真好客。

你拍三，我拍三，稀土王国在赣南。

你拍四，我拍四，客家儿女多奇志。

你拍五，我拍五，脐橙累累农家福。

你拍六，我拍六，阳明圣地底蕴厚。

你拍七，我拍七，赣州浮桥真神奇。

你拍八，我拍八，苏区作风人人夸。

你拍九，我拍九，浓情米酒待朋友。

你拍十，我拍十，家乡赣南美如诗。

图书在版编目（CIP）数据

橙精灵带你游赣州 / 张伟主编；金朵儿文；钟小心图 . -- 南昌：江西人民出版社，2022.5（2022.12 重印）
ISBN 978-7-210-13307-0

Ⅰ．①橙… Ⅱ．①张…②金…③钟… Ⅲ．①赣州－地方史－儿童读物 Ⅳ．① K295.63-49

中国版本图书馆 CIP 数据核字（2021）第 245252 号

橙精灵带你游赣州

张　伟◎主编　刘小灵　刘　俊◎副主编　金朵儿◎文　钟小心◎图

策划编辑：李　姗
责任编辑：曾　杨
书籍设计：邓珊珊
出版发行：江西人民出版社
地　　址：江西省南昌市三经路 47 号附 1 号
经　　销：全国各地新华书店
编辑部电话：0791-86898685
发行部电话：0791-86898685
邮　　编：330006
网　　址：www.jxpph.com
E-mail：jxpph@tom.com　web@jxpph.com
版　　次：2022 年 5 月第 1 版
印　　次：2022 年 12 月第 4 次印刷
开　　本：787 毫米×1092 毫米　1/16
印　　张：3.25
字　　数：40 千字
ISBN 978-7-210-13307-0
赣版权登字—01—2021—755
定　　价：45.00 元
承 印 厂：湖北金港彩印有限公司
版权所有　侵权必究
赣人版图书凡属印刷、装订错误，请随时向江西人民出版社调换。
服务电话：0791-86898820